사랑이 사랑을 부른다

초 판 인 쇄 | 2018년 12월 5일
초 판 발 행 | 2018년 12월 15일
초판2쇄발행 | 2019년 1월 5일

지 은 이 | 이유진
펴 낸 이 | 백승대

표지그림 | 박승예
본문사진 | 이준철 · 이유진
디 자 인 | 봄

펴 낸 곳 | 매직하우스
등　　록 | 2007년 9월 27일 제313-2007-000193
주　　소 | 서울시 마포구 월드컵북로38가길 14 201호
전　　화 | 02-323-8920
팩　　스 | 02-323-8921
e-mail | magicsina@naver.com

ISBN　978-89-93342-82-6 03810

* 이 책은 한국소년보호협회와 소상공인연합회 뉴미디어홍보지원협력단으로부터 제작비를 지원받았습니다.
* 이 책의 인세는 한국소년보호협회에 전액 기부됩니다.

사랑이
사랑을 부른다

이유진 시집

작가의 말

청소년 덕분에 오늘까지 살았다.
그들에 대한 해석이 아닌 느낌을
전하고 싶었다.
오랜 세월 찾아 헤매던 것을
아프리카 탄자니아 잔지바르에서 만났다.
이국땅에서 받은 뜻밖의 사랑이
시가 되었다.
사랑이 사랑을 부른다.

2018년 12월

이 유 진

차 례

제3부   나의 멘티 아미나

제1부

죽기야 하겠어

살아온 길이 살아갈 길을 연다

죽고 사는 것은 나의 일이 아니다

운명의 파도에 나의 삶을 맡겨라

설마 죽기야 하겠어?

죽더라도 어쩔 수는 없다

가만히 있어도 언젠가는 죽는다

나도 같이 가고 싶다

"나도 같이 가고 싶다"
이 말이 시작이었다

야식을 만들어주러
예스센터에 갔던 날
자랑 아닌 자랑을 들었다

"아프리카에 봉사활동 가요
소년원 출원생들과 함께"

"우와, 멋지다 부럽다
나도 같이 가고 싶다"

"같이 가고 싶으세요?
그럼, 같이 가요"

깊고 깊은 인연의 사슬은
일사천리로 엮이고 풀리고
볶음우동의 국수 가락이
아프리카까지 이어졌다

나는 왜 아프리카에 갔는가

모두가 묻는다
왜 아프리카에 가야만 했었냐고

해마다 쏟아낸 연구보고서엔
좋은 글들이 가득하다

"정부는 청소년을 위해 이것을 해야 한다"
"지방자치단체는 청소년을 위해 그것을 해야 한다"
"기업은 청소년을 위해 저것을 해야 한다"

나는 책상 앞에 앉아
손가락만 까딱까딱

한 명의 청소년이라도 좋다
무엇이라도 내가 하고 싶다

연구대상으로서가 아니라
인간 대 인간으로 만나고 싶다

나에게 찾아든 행운
빚진 마음을 조금 덜어낸다

왜 도와주어야 하나요

"범죄를 저지른 아이들입니다
왜 도와주어야 하나요?"

소년원은 교도소가 아닙니다
소년원은 학교입니다

가정이 지켜주지 못한 아이들,
국가가 부모를 대신합니다

당연히 보호받아야 할 나이,
어른들의 잘못으로
비행청소년이라 낙인된
사회적 피해자입니다

지난 세월의 냉대와 방임,
사회적 관심과 사랑으로
돌려주어야 합니다

죽기야 하겠어

치안이 불안해요
풍토병이 무서워요
에이즈 어린이를 만난다구요?
소년원 출원생과 함께 간다구요?

아, 남들은 그런 걱정을 하는구나

캄캄한 밤
비바람이 몰아치는 바다
GPS를 잃어버린 요트
제일 무서운 것은 멀미
독도에서 바라본 일출
새벽안개처럼 사라진 고통

살아온 길이 살아갈 길을 연다

죽고 사는 것은 나의 일이 아니다
운명의 파도에 나의 삶을 맡겨라
설마 죽기야 하겠어?
죽더라도 어쩔 수는 없다
가만히 있어도 언젠가는 죽는다

어머니의 힘

어머니는 망설임 없이
아프리카에 가라고 하셨다

치안도
풍토병도
에이즈 어린이도
소년원 출원생도
걱정하지 않으셨다

탄자니아 비자를 받으러
서울까지 가야 했던 날
출발은 멀지 않았고
일정에 쫓기던 그 날

어머니는 여권을 찾아
분실될까 염려하는 딸을 위해
세종까지 직접 가져다 주셨다

늘 주저앉고 싶고 포기하고 싶지만
일으켜 세우고 도전하게 하는
어머니의 힘!

제2부

받고 싶은 자여,
먼저 주어라

한 명의 청소년이라도 좋다

무엇이라도 내가 하고 싶다

연구대상으로서가 아니라

인간 대 인간으로 만나고 싶다

나에게 찾아든 행운

빚진 마음을 조금 덜어낸다

잔지바르 가는 길

멀고도 멀었다
홍콩
아디스아바바
다르에스살람
잔지바르
온 세상을 둘러 도착한 곳

탄자니아 …
아는 것이 없다
새로운 수도는 도도마
킬리만자로산이 있는 나라
마지막 노예시장 잔지바르

비행기에서 본 흑인은 아름답다
탄자니안과 에디오피안은 다르다
편견을 깨는 가장 빠른 길은
대상을 겪어보는 것이다

천국으로 가는 험한 길
드디어 도착!
이제 천사를 만나러 가자

토 나오지 않아요?

잔지바르 가는 비행기에서
아이들은 식사를 하지 못했다
대부분 해외여행이 처음이다
기내식이 낯설다

"토 나오지 않아요? 웩!"

누군가는 토 나온다는
그 음식을 맛있게 먹으며
예전의 내 모습을 떠올린다
고수가 든 쌀국수에 웩!

속으로 외친다
음식도 문화자본이야!
새로운 경험으로 먹어봐!
모험과 도전으로 먹어봐!

분명 이번 여행이 기회가 될거야
이번엔 먹지 못하더라도
조금은 익숙해지겠지
다음엔 먹을 수 있을거야

윌라야와카티시청

낡고 허름한 시청에는
북적거리고 웅성거리는
흥겨움이 가득하다

풍채 좋은 시장님의
작고 소박한 집무실에
우리 봉사단 모두가
옹기종기 앉아 인사를 나눈다

시장님께 자와디를 전하고
부시장실에 복사기를 기증한다

라마단 기간이지만
시장님의 특별지시 덕분에
잔지바르 아이들을 만난다

* **자와디 :**
  탄자니아어로 선물을 뜻하며 작은 선물을
  반드시 전함으로써 공경을 표시하는 문화이다.

* **라마단 :**
  이슬람교의 금식기간으로 해가 떠 있는 동안
  음식을 먹지 않는다.

투마이니베이커리

빵이 아니다
소망이다

누룩은 사랑을 부풀리고
이웃과 우정을 나눈다

잔지바르 청년들에게
제빵교육을 하고
소망을 굽는다

빵을 팔아 생계를 잇고
선교사업과 복지사업의
예산을 마련한다

빵집이 아니다
소망의 집이다

비빔밥

귀염둥이는 삶은 문어와 새우를
밥에 넣고 비비려고 애쓴다

비빔밥의 생명은 어우러짐
그의 밥은 모든 것이 겉돈다

나는 팔을 걷어붙인다
숟가락으로 문어와 새우를 다지고
고추장을 듬뿍 넣어 붉게 물들인다

다들 한입씩 먹어본다
맛있다며 식당을 하란다

숟가락질 몇 번에
기쁨이 퍼지는 저녁이다

키디음니 학교 I

흰 구름 사이로 햇살이 계시처럼 내리던 날
라마단 방학기간에 보충수업 하러 나온 학생들을
만난다

우리는 아이들에게 나누어줄 과자를 100개의
봉지에 나눠 담는다
색깔을 모르는 아이들이 많다
색색가지 풍선을 불고 색깔놀이를 한다

구경 온 동네 꼬마들은 꼬질꼬질하고 냄새도 났지만
천진한 미소가 시름을 잊게 한다
풍선을 얻은 꼬마는 세상을 얻은 듯 행복하다

돌아가는 길에 만난 학생들은 우리가 가르쳐준 대로
손을 머리에 얹어 하트를 만들며 "사랑합니다"를
외친다

에이즈어린이 멘토 결연식

월라야와카티 시청에 에이즈어린이들이 모였다

의사인 알마샤우리님의 환영 인사
보건국 담당직원의 에이즈 현황 보고
시장의 치하와 더 많은 지원 요청

생일을 맞은 어린이들을 위해
생일 케익을 커팅하고
해피버스데이투유 노래를 부른다

우리들과 에이즈어린이들의
일대일 멘토 멘티 결연식
클레이 놀이와 페이스페인팅

내일 다시 만날 것을 기약하며 마친다
ZBC TV 저녁 뉴스에서 우리를 본다

식사당번

네명씩 조를 나눠 식사당번을 정했다
우리 조는 환상의 드림팀이다

오늘의 메뉴는 볶음밥
상남자는 재료를 깔끔하게 다듬고
귀염둥이는 다지기의 고수
요리를 좋아하는 매력녀는 볶음주걱을 들었다

스크램블드에그를 만들고
당근과 양파를 볶고
밥을 볶다가 모든 재료를 섞어 볶는다
굴소스로 간을 맞춘다

너무 맛있어서 반칙이라며
볶음밥에 대한 칭송이 이어진다

예스센터에 취업한 상남자가
선생님들께 볶음밥을 만들어드렸다는 소식에
마음 한구석이 고슬해진다

담장을 쌓다

6에이커의 땅
70년간의 임대
아직 가진 건
부지뿐이지만

우리들은
흙을 담아 나르고
담장을 쌓는다

척박한 땅속에도
희망의 물은 흘러
우물을 파고
오우아꽃 수줍게 피어
에이즈 어린이의
새로운 삶을 응원한다

35

만나러 오고 싶은 사람

아픈 아이들
상처받은 아이들
낯을 가리는 아이들
가족에게 배척당한 아이들
우리는 이 아이들을 만났습니다

우리가 줄 수 있는 것은
한 순간의 추억 뿐 …
그대는 멀리 한국에서도 만나러 오고 싶은 사람입니다

마음을 쉽게 열지는 않습니다
"나는 너를 만나 설레이는데 너는 어때?"
아이는 그렇지 않다고 합니다

무뚝뚝하던 아이는 보호자가 나가자
웃기 시작합니다
가까운 사람들이 그들에겐 더욱 큰
상처였습니다

눙귀해변

버스를 타고 눙귀해변으로 간다
잔지바르섬에 살고 있지만
바다를 처음 본 아이들

5살부터 12살까지 에이즈보균자라는
천형을 안고 살아가는
우리의 슬픈 멘티 15명
이 아이들의 멘토가 되어
비치파라솔에 마주앉았다

가난한 아이들에게 추억을 남겨주려고
호텔에서 식사를 주문했지만
그들 뿐 아니라 우리 모두에게
잊지 못할 점심이다

스케치북에 크레파스로 서로의 초상화를 그린다
각자의 솜씨대로 정성을 담아 서로의 모습을 담는다

해변을 함께 산책하면서
폴라로이드사진을 찍는다
세상에 하나 뿐인 사진과
세상에 하나 뿐인 멘토와 멘티

영원한 우정을 약속하고
눈물의 포옹으로
기약없는 이별의 아픔을 달랜다

에이즈 어린이를 만나고

그는 에이즈가 더러운 병인 줄만 알았습니다
뛰어와서 그의 손을 잡은 하지라
등에 매달리고 뽀뽀도 해주었습니다
가까이하지 말아야지 했던 것이 너무 미안합니다

그녀는 이만과 눈이 마주칩니다
그가 먼저 다가와 그녀에게 손을 내밉니다
그는 그녀에게 팔찌를 만들어주고
스케치북에 "I love you"라고 씁니다
그녀는 이만의 눈물에 가슴이 아픕니다

그는 마불라에게 "I'll remember you"라고 말합니다
마불라도 "I'll remember you, too"라고 답합니다
자신을 기억해주는 것만으로도 행복해 하는 아이
그는 누군가를 기억하고 믿어주는 사람이 되고 싶습니다

그는 하피디와 말이 통하지 않아 어색합니다
하지만 그 아이가 웃어줘서 고맙습니다
헤어질 때 인사를 하고 보호자에게 간 하피디
다시 돌아와서 그에게 안겼습니다
무뚝뚝한 그의 눈에서도 눈물이 흐릅니다

도움을 받아줘서 고맙습니다

우리는 아프리카에 에이즈 어린이를 도우러 왔습니다
한때는 누군가에게 피해를 입히고 소년원에 갔습니다

어려운 상황 때문이었다고 변명도 했습니다
나보다 더 어려운 상황에 놓인 어린이를 만났습니다

몸도 마음도 상처투성이인 아이들이 우리를 보고 웃어줍니다
함께 밥을 먹고 그림을 그리고 해변에서 뛰어 놀았습니다

에이즈센터의 담장을 쌓았습니다
서툰 솜씨지만 흙을 나르고 벽돌을 올렸습니다

좋은 일을 했다며 보람 있는 시간이었다며 흐뭇해합니다
하지만 누가 누구를 도운 것일까요?

에이즈 어린이가 우리를 만나주고 놀아준 것입니다
에이즈센터가 우리의 학습장소가 되어준 것입니다

우리는 상생하고 협력하고 자제하는 훈련을 하였습니다
에이즈 어린이 덕분에 우리는 도움을 받고 성장하였습니다

키디음니 학교 Ⅱ

키디음니 초등학교 학생들과 남자 봉사단원
들이 운동장에서 친선축구대회를 한다. 땡볕
에 땀을 비오듯 쏟고도 경기를 마치고 밝게
웃는다. 3:1로 이긴 초등학생들에겐 더욱 신
났던 날이다. 열두살 라쉬리도 네살 아벨리도
마냥 즐겁다.

여자 봉사단원들은 히잡을 쓴 중학교 여학생
과 함께 운동장에서 곰 세마리 율동을 하고,
둥글게 둥글게 노래에 맞춰 빙글빙글 돌며 짝
짓기놀이를 한다.

축구를 하기에도 레크레이션을 하기에도 힘든 무더운 날이었지만 땀을 흠뻑 흘린 덕분에 봉사단 아이들 모두가 맛이 이상하다고 하면서도 코코넛 한통씩을 들이켰다. 그렇게 하나씩 새로운 경험을 하고 조금씩 자란다.

귀요미 야단맞던 날

새벽에 소란스러워 눈을 뜬 안전의 수호자
나와 보니 창문이 열려있더랍니다
아홉시 이후에는 말라리아모기 때문에
절대로 열어두면 안되는데 말이죠

수없이 공지를 했는데도 이런 일이 벌어지니
우리 안전의 수호자는 뚜껑이 열립니다
마침 귀요미가 눈에 띄고 의심을 받습니다

부산에서 올라올 때 차비도 부담해가면서
귀요미를 데리고 오신 계장님
"정 떨어져서 내려갈 때는 같이 못가겠다"
귀요미가 받아서 "나도 같이 가기 싫어요"

문 뒤에서 귀를 쫑끗 세우고 엿듣던 나는
순간 "풉~"하고 혼자 웃고 말았습니다
애기 같은 귀요미를 어찌해야 하나요?

귀요미가 나중에 용서를 구했다고 합니다
끝이 좋으면 다 좋은 것이지요

짜파게티 요리사

우리 봉사단원들은 라면요리 셰프
모두가 라면 끓이기 달인이다

오늘 저녁 메뉴는?
짜파게티 15개 + 불닭볶음면 4개 = 매콤짜파게티
상남자는 어마어마한 분량의 라면을 쓱쓱 비벼낸다

매력녀는 짜파게티 요리사라는
즉석 뮤지컬을 진두지휘 한다
순식간에 게하의 식당은 뮤지컬 공연장이 된다
그녀의 넘치는 끼와 재능은
나를 흥겹게도 하고 아리게도 한다

설거지는 나와 귀염둥이가 맡는다
그는 기름기 많은 냄비에 물을 붓고 끓인다
고기집에서 알바할 때 불판 끓이는 것을
보았다고 한다
우리가 경험하는 모든 것이 배움의 순간이 된다

받고 싶은 자여, 먼저 주어라

내일이면 떠나는 날입니다
교회방문을 마치고 돌아온 늦은 오후
해변에서 마지막 휴식의 시간을 갖습니다

아이들이 해수욕을 하는 동안
나는 열명의 아이들에게 편지를 씁니다
사실은 아이들에게 편지를 받고 싶었습니다
기자님이 중간에 귀국할 때
아이들이 선물한 롤링페이퍼가 너무 부러웠거든요
받고 싶은 자여, 먼저 주어라

잊을 수 없는 시간입니다
아름다운 해변에서
한명 한명 아이들을 생각하며
한글자 한글자 꼭꼭 눌러쓰던 시간
모두가 아름다운 청년이더군요
그렇게 그들을 내 마음에 새겼습니다

심바의 시골교회

심바라는 시골동네에 있는 분부위수디 교회
선교사님은 이 교회의 점심 식대를 지원합니다
교회 마당에서 점심을 나누기 때문에
교인이 아닌 동네 주민들도 찾아와서 먹습니다
옥수수죽이 주식인 시골에서 쌀밥을 먹을 기회니까요

이 교회의 담임인 조나스목사의 설교를 듣습니다
우리나라 교회와 달리 설교는 짧고 찬양은 깁니다
찬양단은 끊임없이 율동을 하면서 찬양을 합니다
아프리카음악에 가사만 가스펠입니다
흑인음악 특유의 멋진 스웨거와 힘이 넘칩니다
우리 봉사단원들이 열심히 준비한 공연은
그들의 에너지에 눌려 자신감이 표류합니다

선교사님이 운영하는 근처의 유치원을 견학합니다
이년 전의 봉사단이 페인트칠을 했던 그곳입니다
간호사인 선교사님은 의료봉사를 합니다
봉사단원들은 의료보조도 하고 아이들과 놀아줍니다

먼 나라에서 온 손님을 대접하기 위해
전통적인 잔치음식 준비로 부산합니다
향신료육수에 쌀을 넣고 조린 필라오에
쇠고기감자스튜를 곁들입니다
향신료 냄새가 많이 났지만
봉사단원들은 묵묵히 그들의 정성을 먹습니다

잠 보

만나면 "잠보"
화답하는 "맘보"

고마우면 "아싼테"
걱정되면 "하쿠나 마타타"

누구나
"잠보, 맘보"

어딜 가나
"아싼테"

언제든지
"하쿠나 마타타"

천천히 걷고
유쾌하게 웃으며
흥겹게 노래하는
탄자니아 사람들

가난도 아름다운 잔지바르

김아타의 On Nature

잔지바르에 도착한 다음 날 아타선생님의 메일을
받았다. 잔지바르에 있는 동안 온네이처 작업을 하
면 어떻겠냐는 제안이다. 잔지바르의 온네이처를
봉사단원이 합심하여 설치한다니 생각만 해도 가슴
벅찬 일이다. 단장님께 상의를 드리니 흔쾌히 받아
주시고 아이들에게 의향을 물었다. 아이들은 처음
에 어리둥절하면서도 모두 동의했다.

선교사님께서는 흔쾌히 투마이니빵집 옥상에 설치
를 허락하셨다. 캔버스를 구하기 위해 화구상에 함
께 갔는데 튼튼한 물건을 구할 수가 없다. 한참을
설명한 끝에 주문을 하면 구해주겠다는 화상이 있
어 선불을 주고 왔다. 며칠 후에 찾아온 캔버스는
기대에 미치지 못했지만 주어진 여건의 한계이므로
마음을 내려 놓는다.

돌아오는 날 마지막 일정으로 캔버스를 설치했다.
선교사님의 지휘 아래 남자 봉사단원들이 돌아가면
서 각목을 톱질하여 지지대를 만들었다. 지지대를
캔버스에 못질하고 옥상 난간에 밧줄로 튼튼하게
묶는다.

캔버스를 세우며 우리의 모든 일정이 끝났다.
그리고, 잔지바르의 온네이처 기록을 남긴다.

＊시간 :
설치 2015년 7월 13일(월)/ 해체 2016년 8월 8일(월)

＊장소:
Tumaini Bakery, Kiembesamaki, Wilayamagaribi,
Zanzibar, Tanzania
(남위 6도 12' 32.39"/ 동경 39도 12' 57.74")

＊온네이처 :
세계 곳곳에 캔버스를 일년 이상 세워놓고 자연의 흔적을
남기는 김아타의 예술작업이다.

제3부

나의 멘티 아미나

그들과 주고받은 사랑이 앞으로 나아갈 힘이 된다
사랑을 주려고 내민 손에 그가 사랑을 담아주었다
사랑이 사랑을 부른다

동 침

낯선 땅 모기장 아래
언니와 함께 눕기까지
우리 사이엔 어떤 강물이
굽이굽이 흘러왔을까요

어둠이 드리운 작은 방엔
그리운 제자들의 추억이
흐뭇한 저녁으로 흐르다가
안타까운 밤으로 멈춥니다

언니의 마음은 따뜻하고
맡은 일의 책임감은 뜨겁습니다
아침에는 엄격한 선생님이었다가
한낮에는 자애로운 어머니가 되십니다

낯선 새소리에 눈을 뜨며
옆에 누은 언니를 바라봅니다
우리를 묶은 실타래가 풀리며
한올한올 바다를 덮습니다

안전의 수호자

무사히 돌아온 것이 우연은 아닐테지요
노심초사 밤낮으로 노려보던
그분의 눈초리가 우리를 지켰습니다

저녁에만 다니는 말라리아 모기때문에
밤에는 문단속을 철저히 하기로했지만
그 약속을 지키지 못한 누군가가 있었습니다

그때 우리는 보았습니다
그분의 얼굴에서 번개가 치고
그분의 목소리에서 천둥이 울리는 것을

나중에서야 알았습니다
그분의 심장엔 노을 비친 파도가 뛰놀고
그분의 마음 속엔 솜사탕이 들었다는 것을

무사히 돌아온 것은 우연이 아닙니다
다정한 손길을 숨기고 회초리를 들었던
그분의 깊은 사랑 덕분입니다

붕어빵 아빠

고소한 이 냄새는 뭐지?
아항! 붕어빵!
아빠는 소망의 붕어빵을 굽습니다

달달한 이 냄새는 또 뭐지?
아항! 아빠와 엄마의 알콩 달콩!
아들과 아빠는 사랑의 붕어빵입니다

구수한 이 냄새는 대체 뭐지?
아항! 아빠와 후배들의 체육관 구슬땀!
후배들의 복근은 믿음의 붕어빵입니다

팔색조 공주

날개를 푸드득거리며
마음을 드러내보지만
이내 잠잠해 지고
고요히 둥지로 숨어듭니다

여왕이 되려면
아름다운 날개가 필요합니다
날아보지도 못하고
부리가 닳도록 깃털을 매만집니다

멀리 멀리 날아가고픈 날개를 꺽고
한자리에 앉아 있는 삶이 슬프지만
내면의 연약함을 이기고
공주는 새로운 도전을 합니다
그리고 날마다 강해집니다

언젠가 아름다운 날개를 활짝 펴고
금빛 광채를 뽐내며 날아올라
무리를 이끌고 떠날 그날이 올 때까지

듬직한 상남자

버스에 시동이 걸리지 않았더랬죠
잔지바르에선 흔한 일이랍니다
상남자 등장, 짜잔!
영화의 한 장면처럼 수동으로
시동을 겁니다

배에서 내리려면 바닷물에
뛰어내려야했죠
부두가 없는 곳에 배를 댔으니까요
상남자 등장, 짜잔!
영화의 한 장면처럼 여성들을 업고
건네줍니다

잔지바르의 아이들이 그를 좋아합니다
반드시 다시 돌아오겠다고 약속합니다
상남자 등장, 짜잔!
그는 반년 후에 단기선교사가 되어 돌아옵니다

여행의 힘

여행은 성찰의 시간이 됩니다
상남자는 아프리카에 와서 이런 의문이
들었다고 합니다

"오천만원이나 쓰면서 왜 우리를
이곳에 보냈을까?"

한국에서 우리는
도움을 받는 입장이라서
도움 주는 입장이 되라고
도와주면서 행복하라고
스스로 기쁨을 느끼면서
성장하는 것 같다고
그런 감정 느끼라고
그래서 보낸 것 같다고 …

부자가 되려면

"부자가 되고 싶은데, 어떻게 해야 하나요?"
문학이나 역사, 철학, 예술에 관한 책을 읽으려무나
그러면 자기성찰의 힘을 갖게 된단다

"소년원에서 아침마다 음악 틀어놓고 가만히 있는
성찰의 시간을 가졌어요"
나는 누구인가, 나는 어디에서 와서 어디로 가는가,
나는 무엇을 하고 어떻게 살 것인가를 생각하면서
자신을 돌아보는 것이 성찰이란다

"소년원에서 자기개발서 많이 읽었어요"
자기개발서도 좋지만 모든 일엔 순서가 있단다 먼저
고전을 읽으려무나

"어떤 책을 읽을까요?"
에밀리 브론테나 헤르만 헤세, 톨스토이 같은 대문
호의 책을 읽다보면 돈을 버는 창의적인 방법이 떠
오를지도 모르지
아니면? 행복하게 사는 법을 알게 될거야

상남자의 기내식

잔지바르 가는 비행기에서
기내식을 전혀 먹지 못했던 상남자

"기내식 토 나오지 않아요?"

한국으로 돌아갈 때는
매 끼니마다 남김없이 먹었다

"필라오를 먹고 나니 기내식은 먹을 만 해요
심지어 좀 맛있기까지 해요"

이십여년간 지켜온 그의 입맛이지만
단 열흘 만에 달라졌다

사람은 누구나 변할 수 있다

귀공자

사진을 전공한 귀공자는 기록사진을 찍습니다
봉사활동을 하면서도 짬짬히 사진을 찍습니다

단원들이 쉬고 있을 때도 사진을 찍습니다
늘 바쁘니까 말을 걸어볼 기회가 없습니다

쉼 없이 사진을 찍어주어 고맙습니다
그 많은 사진을 정리하는 것도 큰일 이겠군요

DSLR 사진기는 짐이 되기도 했겠지만
그는 묵묵히 맡은 소임을 다하고
사천장의 사진을 남겼습니다

사랑스러운 귀요미

천진난만한 그녀는 우리에게 즐거움을 줍니다. 솔직한 고민상담의 시간도 좋았고 센스 있는 셀카도 좋았습니다. 조금은 밋밋했을 상황에 약간의 긴장감을 더해준 귀엽고 사랑스러운 소녀입니다.

키디음니 학교에서 "애기들 너무 귀여워"를 연발하며 이뻐서 어쩔줄 몰랐고, 아이들과 헤어질 때는 눈물을 뚝뚝 흘리기도 했습니다. 에이즈센터 멘티와 해변에 갔을 때는 아이의 스킨십을 거부하지 못하고 가엾어 했습니다. 그녀는 정이 많고 심성이 곱습니다.

손편지를 줬더니 한국 가서 답장을 써주겠다고 합니다. 나중에 간담회에 오면서 예쁜 편지지에 정성껏 적은 편지를 들고 왔고, "다시 만나는 게 이렇게 좋을지 몰랐어요"라고 감탄을 연발합니다. 그녀는 여러모로 나를 감동시킵니다.

패기있는 귀염둥이

봉사단의 막내인 귀염둥이는 어린 나이지만
미래에 대한 계획이 확실하고 패기와 배짱이
있습니다

예스센터 야식파티에서 만난 적이 있는 그는
내가 만들어준 볶음우동이 정말 맛있었다고
합니다

게딱지에 밥을 비며먹다가 나에게도 먹어보라
고 한 숟가락을 떠줍니다

당근을 능숙하게 다지던 귀염둥이
기름진 설거지도 요령 있게 해내던 귀염둥이
짧은 인생길에서 지고 왔을 삶의 무게가 묵직
합니다

천종호판사님 아세요?

"혹시 천종호판사님 아세요?"
"나의 멘토신데, 귀염둥이도 그분을 아니?"

첫 재판을 그분에게 받았다고 합니다
정신차리라고 호통을 치셨고,
보호관찰과 사회봉사 처분을 내렸습니다
그때는 정신차리려고 했지만
다시 사고쳐서 소년원에 가게 되었습니다

귀염둥이는 자동차가 좋습니다
그것이 사고를 치는 이유가 되기도 했죠
차라리 소년원에서 자동차정비를
전공하기로 했습니다
인생의 터닝포인트는 예스센터입니다

잔지바르의 카루메 직업학교
자동차정비과에 견학갔을 때
꼼꼼히 살펴보던 모습은
더 이상 어린아이가 아닙니다

매력덩어리 멋쟁이

그는 설비회사에서 일합니다

중고등학교도 때려치고 밴드에 미쳤었고
지금도 여전히 밴드를 사랑하는 멋쟁이지만
미련을 접고 그는 일합니다

"설비 일을 하면서도 밴드는 할 수 있지만
밴드 일을 하면서는 설비를 할 수 없으니까요"

현장에서 막일하는 아저씨들이
젊은 기술자에게 굽신 대는 것을 보면서
바꿔야한다는 사명감을 느낍니다

일하면서 대학원에
다닐 수 있는지 묻습니다
현장을 모르는 연구는 탁상공론이므로
오히려 현장성 있는 연구를 할 수 있겠지요

그의 눈빛에서 강한 의지를 보았습니다

성실한 훈남

학교도 못가고 아픈 어머니를 돌봤습니다
어느 날 병원에서 문득 떠오른 생각
"난 세상에서 버림받은 아이인가?"
절망이 그를 망가지게 했습니다

소년원에서 바리스타가 되었습니다
경찰청 카페의 훈훈한 미남 CEO가 되었습니다

어머니는 결국 사진 한 장만 남기셨습니다
어릴 때 자신과 어머니를 버린 아버지를
이제는 용서했습니다

KBS 아침마당에서 그의 삶을 고백 했습니다
성공하는 사람들은 실패해도 끝까지 포기하지 않았다고
당부하는 그에게 나도 배웁니다

훈남의 연애상담

"상처받더라도 사랑하는 감정을 느껴보고 싶어
요. 어른들이 저에겐 너무 엄격해서 여자를 못
사귀게 해요. 취업부터 하고 결혼하라고 하지만
저는 당장 사랑을 해보고 싶어요."

결혼하기 전에 연애 경험을 많이 하는 것이 좋
단다. 불타는 사랑의 감정을 느껴본 후에 그것
이 다 부질없다는 것을 깨닫고 결혼해야 한다.
결혼은 연애가 아니고 가족을 만드는 것이다.
가족이 친구보다 반드시 더 친한 것은 아니지만
더 소중하게 여긴다. 배우자도 그런 존재다. 애
간장이 타는 것은 아니지만 같이 있으면 편안하
고 내 아이의 엄마니까 더 소중하다. 애간장이
녹는 여자와 평생을 살려면 힘들단다.

스마트한 성실남

스마트합니다
성실합니다
모범생입니다

똑 부러지게 똑똑해서
입을 한참 벌리고 감탄합니다

"인생에 후회할 일은 없어요
그때부터라도 다시 시작하면 되니까요"
이미 많은 것을 깨달았습니다

별자리에 관심이 많다며
밤하늘을 올려다 봅니다
까만 하늘에 별이 총총합니다

야무진 이쁜이

이쁜이는 야무지고 알뜰합니다
저질러진 일들을 깔끔하게 수습합니다

만오천실링을 부른 캉가를
만이천까지 깍고도
만실링에 달라고 떼를 쓰는
살림꾼입니다

그녀는 늘 어여쁘고 참해서
바라보면 기분이 좋아집니다

한국에 돌아와서
캉가 두르고
탄자니아 커피 마시며
아프리카 음악 틀어놓고
파티를 하기로 하였습니다

신비한 미녀

미녀는 말수가 적었습니다
그녀의 오른쪽 팔엔 문신이 있습니다
모자를 쓴 화려한 여성을 새겼는데
얼굴에 흉터가 있습니다

성매매 여성이라고 합니다
자신이 상상한 모습입니다

집창촌 여성에 관한
다큐멘터리를 보았습니다
같은 여성으로서 안타까운 마음을
문신으로 새겼습니다

얼굴의 흉터는 성매매 여성의
상처받은 인생이라고 합니다

미녀는 말수가 적었습니다
그녀는 영롱하고 신비합니다

끼가 넘치는 매력녀

잔지바르에서 만난 모든 아이들이
금새 그녀의 매력에 빠집니다

요리도 잘하고, 노래도 잘하고,
기타도 잘 치고, 춤도 잘 추는 그녀

언제나 입술에서는 흥얼흥얼 노래가 나오고
어디서나 몸은 흔들흔들 춤을 추고 있습니다

시도 때도 없이 넘쳐나는 그녀의 재능을 보면
내 안의 흥과 끼도 꿈틀거립니다

우리는 만날 때마다 웨이브로 인사합니다
그녀의 꿈처럼 뮤지컬가수가 되면
얼마나 좋을까요?

똑똑한 그 여자

아프리카 선교사역의 소명
함께 할 운명의 짝을 만나
기도하며 찾고 기다리다가
잔지바르에서 부름을 받습니다

모슬람법의 보이지 않는 핍박
교육복지와 의료봉사로
감시의 눈을 피해보지만
고달팠던 날들

고아가 되어 오갈 데 없는 아이들
에이즈 보균자로 태어난 아이들
성매매에 내몰린 아이들

이 아이들을 안아줄 수 있어서
이 아이들의 비빌 언덕이 될 수 있어서
행복했던 날들

한 때 방황의 날들을 보냈던 남편의 완벽한 내조자
뇌종양도 그녀를 막을 수는 없습니다

우직한 그 남자

캠프기간 내내 묵묵히 궂은일을 도맡으며 우리의 활동을 도와주던 그는 간증의 시간이 되어서야 말문을 열었습니다.

서울소년원에서 만난 어머니봉사단이 간질환자의 거품을 더럽다 하지 않고 닦아주면서 기도하는 모습에서 그리스도를 보았습니다. 하지만 고아였던 그는 소년원을 퇴원하고 갈 곳이 없어 계속 사고를 칩니다. 김천소년교도소와 목포교도소를 거치면서 "하나님은 왜 나를 자꾸 힘들게 하세요?"라고 원망합니다. "네가 나를 믿지 않고 사람을 믿지 않았느냐?"라는 응답을 듣습니다. 그때부터 마음을 잡습니다. 잔지바르에 와서 고아원을 시작합니다. 어려운 청소년을 돕고 싶다는 꿈을 이룹니다.

청년 봉사단원들에게 당부합니다. "기회는 누구에게나 있습니다. 이번 캠프에서 어떤 배움이 있을지는 각자 하기 나름입니다. 나를 믿었던 어머니들이 이십년을 기다렸던 것처럼 여러분도 지켜보는 분들이 있습니다. 그분들을 생각해서 여러분도 다른 이들을 돌보는 사람이 되면 좋겠습니다."

까칠한 기자님

기자님은 자신의 직업이 좋습니다
역사의 현장에 있을 수 있어서 좋습니다
에이즈환자를 만나는 경험이 너무 좋습니다

기자라는 직업을 타인에게 권하지는 않습니다
사람 만나는 것을 좋아해야 합니다
속성으로 글쓰는 능력이 있어야 합니다
자의와 상관없이 일정이 결정되는 것을 견뎌야합니다

먼저 귀국한 그는 송별의 자리에서 당부합니다
"이번 경험을 통해 자기 몫을 다하는 사람이 되길
바랍니다."
스스로를 까칠하다고 했던 기자님은 차가운 인상과 달리
봉사캠프에 관한 따뜻한 기사를 내어 놓습니다

나의 멘티 아미나

에이즈 보균자로 태어나
가족에게 버림받고
세상으로부터 거부당한 삶

열두 살, 배운 적이 없지만 영어를 잘 합니다
클레이놀이로 아프리카의 열정을 보여줍니다
그녀가 그린 초상화는 정교합니다

선물을 받을 때나 음식을 먹을 때나
진정어린 감사와 덤덤한 기쁨으로
품위 있는 자태를 보여줍니다

함께 거닐었던 눙귀해변에서
바람에 날리던 그녀의 히잡
보라색 치마를 입은 아름다운 그녀

너무 똑똑하고
너무 기품있고
너무 아름다워서
더 슬프고 애잔합니다

제4부

하쿠나 마타타

가정이 지켜주지 못한 아이들,

국가가 부모를 대신합니다

당연히 보호받아야 할 나이,

어른들의 잘못으로

비행청소년이라 낙인된

사회적 피해자입니다

지난 세월의 냉대와 방임,

사회적 관심과 사랑으로

돌려주어야 합니다

성 장

십여일 동안의
청소년 해외봉사캠프를
무사히 마치고 돌아왔다

청소년 성장 프로그램이었지만
그들만 성장한 것은 아니었다

재기 발랄한 아이들과 함께
먹고 자고 땀 흘리며
나를 돌아본 행운의 시간

그들과 주고받은 사랑이
앞으로 나아갈 힘이 된다

말라리아

"설마 죽기야 하겠어?"하며 떠난 아프리카 봉사 활동이었지만 사실 죽을 뻔 했다. 아프리카에서는 무탈했는데 잠복해 있던 말라리아가 귀국 후에 발병했다. 말라리아 예방약을 먹었지만 소용이 없었다.

선교사님이 알려준 말라리아 감별법과 치료법이다. 귀국 후에 열이 나면 진통제 한 알을 먹고 네 시간 후에 더 안 좋아지면 말라리아를 의심하라. 챙겨준 말라리아 치료약을 이틀 동안 복용하라.

똑같은 상태였다. 일단 선교사님이 주신 약을 먹고 병원으로 향했다. 가는 길에 어질어질 하더니 병원에 도착하자마자 기절했다.

응급처치를 받고 몇 시간 만에 깨어났다. 다행히 약은 효과가 있었다. 며칠 후 열이 내리고 엄청난 허기에 시달렸다. 몸이 살아보겠다고 한 달 동안 쇠고기를 원했다. 어쨌든 죽지 않았다.

다시 만난 날

전국에서 단원들이 세종시로 모여들었다. 귀요미는 내키지 않는 마음으로 왔지만 다시 만나보니 단원들이 너무 좋다. 안전의 수호자는 귀요미에게 아프리카에서 야단친 일에 대해 사과를 하셨고 두 사람은 전보다 더 친해진 모습이다.

잔지바르에서 손편지를 전했던 열 명의 아이들 중에 여덟명은 돌아오는 비행기에서 답장을 주었고, 두명은 오늘 편지를 가지고 왔다.

도서관과 연구실을 견학한 후에 식당으로 옮겨 식사를 했다. 우리가 다시 만나 같이 밥을 먹다니 가슴이 먹먹하게 좋다. 담소를 나누고 기념촬영을 한 후에 아쉬움 한가득 남기고 각자의 도시로 떠났다.

비 보

송재신
계장님의
멘티
압둘이

열 살의
어린
나이로
사망했다는

슬픈
소식을
전해
들었습니다

사랑이 사랑을 부른다

사랑이 필요한 아이를 찾아
아프리카로 떠났습니다
머나먼 이국땅 잔지바르에서
그 아이를 보았습니다

처음 만난 날,
반짝이던 그의 눈빛
다시 만난 날,
쟁쟁하던 그의 목소리

같은 하늘아래 이십년 동안
서로를 모르고 살았지만
운명이 이끈 순간에 만나
엄마와 아들이 되었습니다

사랑을 주려고 내민 손에
그가 사랑을 담아주었습니다
사랑이 사랑을 부른다는 것을
이제야 알았습니다

잔지바르에서
쓴
편지

* 이 편지들은 저자가 잔지바르에서 함께 봉사 활동을 했던 청소년들과
청년 지도자인 박보희 선생님께 손편지로 써서 직접 전달한 것이다.

잊을 수 없는 시간입니다

아름다운 해변에서

한명 한명 아이들을 생각하며

한글자 한글자 꼭꼭 눌러쓰던 시간

모두가 아름다운 청년이더군요

그렇게 그들을

내 마음에 새겼습니다

매력덩어리 멋쟁이에게

안녕?
우리가 대화를 나눈 시간이 충분하진 않았지만
가끔씩 몇 마디 나눈 대화만으로도
♡♡의 매력은 무궁무진했어.
오랫동안 사랑하고 공들였던 밴드활동을 접고
자신이 해야 할 일을 찾아가는 모습이 너무
멋있었고, 특히 왜 그래야하는지 정확하게 알고
있다는 것이 매우 현명해 보였어.
"선비 일을 하면서 밴드를 할 수는 있지만
밴드 일을 하면서 선비를 할 수는 없으니까요."
어쩌면 그렇게 내 생각과 똑같은지 깜짝
놀랐단다.
현장에서 일하면서 대학원에 진학해 전문성도
키워간다면 더욱 멋진 ♡♡가 될 것 같고…
너의 눈빛에서 나는 강한 의지를 보았단다.
행운을 빌께~♡

이유진 드림

야우진 이쁜이에게

안녕?
이번 해외봉사캠프 내내 보희쌤을 따라다니며
거들고 도와주는 모습 보면서 참 성숙한
사람이라는 인상을 받았어.
자신과 전혀 다른 성격의 보희쌤과 의견을
조율해 가는 모습도 너무 의젓하고···
본우사타리 가는 길에 캉가 구입할 때 흥정하는
모습에서는 야우진 살림꾼 같기도 했고···
어떤 남자와 결혼한지는 모르지만 정말 멋진
신붓감이라는 생각이 들어.
얼굴은 또 얼마나 예쁘고 착한지 바라보면
기분 좋아지고 음식도 어찌나 맛있게 하는지
천상 여자인거 같아.
한국소년보호협회에서도 야무지게 잘 하리라 믿으며
행운을 빌께~♡

이유진 드림

신비한 미녀에게

안녕?
이번 해외봉사캠프에서 내내 조용하고
말수가 적어서 제일 궁금하고 알고 싶었던
사람이 ♡♡였어.
다행히 이야기를 나눌 기회가 있어서
짧은 대화이긴 했지만 역시나 기대만큼 특별한
이야기를 들을 수 있어 넘 좋았단다.
독특한 문신에 얽힌 자신의 의도와 감정을
솔직하게 얘기해줘서 고마웠고…
어려운 처지에 있는 다른 여성들에 대해
연민하고 공감하는 모습에 깊이 감동 받았단다.
나 역시 똑같은 생각을 갖고 있기 때문에 깜짝
놀라기도 했고…
일식 요리사로 성공하길 바라고…
꼭 그러리라 믿어.
행운을 빌께~♡

이유진 드림

성실한 훈남에게

안녕?
유명인사 ♡♡와 함께 해외봉사캠프에
참가하게 되어 영광이었어. ^_^
덕분에 방송이 아닌, 직접 ♡♡로부터 간증(?)을
듣는 시간도 가질 수 있었고…
힘든 시간들은 다 이겨내고 성실하게 자신의
삶을 살아가는 모습을 보면서
어른들도(♡♡보다 나이가 더 많은 어른들)
♡♡에게 배운 것이 많다는 생각을 했단다.
특히 금년에 나는 보호소년의 창업에 관해
연구하고 있는데, 이 프로젝트에 관해
♡♡의 조언이 꼭 필요한거 같아. 부탁해요~
앞으로 ♡♡가 계획하는 일들은 뜻하는 대로
성취하기 바라며, 행운을 빌게~♡

이유진 드림

스마트한 성실남에게

안녕?
♡♡과 대화를 나누면 어찌나 똑 부러지게
똑똑한지 나도 모르게 입을 한참 벌리고
감탄하게 되는 것 같아.
공부만 잘 하는 게 아니고 진로도 알아서 잘
찾아가는 모습이 참 인상적이었어.
아직 어린 나이인데도 인생 방향을 확실하게
잡고 있는 것이 놀랍고…
덕분에 이번 해외봉사캠프에서도 전공을 살려
우리 멤버도 잘 돌보고, 의료봉사에서도 큰 몫을
담당하는 것 보면서 깊이 감동했단다.
앞으로 살아갈 날들이 많으니까 하나씩 하나씩
꿈을 이뤄나가리라 믿고…
지금처럼 쭉 성실하게 살아간다면 뜻하는 바
다 이루어질 거야.
행운을 빌께~♡

이유진 드림

끼가 넘치는 매력녀에게

안녕?
이번 해외봉사캠프에서 ♡♡을 만나 함께 활동하고,
특히 함께 식사준비를 할 수 있어 너무 행복했어.
시도 때도 없이 넘쳐나는 흥과 끼를 보면서
나도 너무나 즐거워지고 내 안에 잠재된 흥과
끼도 꿈틀거리는 기분이 들었단다. ^_^
짜파게티 끓일 때 보여준 즉흥 뮤지컬은
너무나 재미있고 유쾌한 경험이었어.
나도 요리를 좋아하기 때문에 요리를 즐기는
사람들은 만나면 참 행복해지더라고…
요리, 노래, 춤, 작곡…
그 모든 재능 발산하며 사는 삶을 살기 바라며,
행운을 빌게~♡

이유진 드림

귀공자에게

안녕?
이번 해외봉사캠프에서 가장 수고하고 있는 사람은
아마도 ♡♡인 것 같아.
다른 봉사할 때도 같이 봉사하고 다들
놀고 있을 때도 ♡♡이는 여전히 사진촬영
봉사를 해야만 했으니까.
♡♡이가 늘 바쁜 바람에 다른 사람들보다
대화를 나눌 기회가 거의 없어서 많이 아쉬웠어.
이제 캠프의 마지막 밤이 되어 더 이상 기회가
없을 것 같지만 한국에 돌아가서라도 대화할
기회가 생기길 바래볼게.
쉼 없이 사진 찍어줘서 너무 고맙고 수천 장의
사진들 정리하는 수고까지 잘 부탁할게.
멋진 사진작가로 성장하는데 이번 캠프도
하나의 과정이 되었으리라 믿어.
행운을 빌께~♡

이유진 드림

천진한 귀요미에게

안녕?
이번 해외봉사캠프에서 천진난만한 ♡♡을 만나
덕분에 즐겁고 재미있는 일들이 많았던 것 같아.
가끔은 너무 순진해서 그것이 ♡♡이 자신을
힘들게 한지도 모르지만 눈물 많고 다정한 모습
볼 때마다 "참 심성이 고운 아이구나"라는 생각은
했단다.
잔지바르 아이들 만나서도 건강한 아이나
에이즈 아이나 구별 없이 안지고 싶어 하고
예뻐서 어쩔 줄 모르는 모습 보면서 많이 감동받기도
했어.
♡♡이 자신도 잘 알고 있는 것처럼 마음 조금만
아낀다면 더욱 인정받고 발전할 수 있을 것 같아.
행운을 빌께~♡

이유진 드림

듬직한 상남자에게

안녕?
이번 해외봉사캠프에서 가장 많은 대화를 나눈
사람은 ♡♡였어. 어른들을 좋아하고 잘 따르는 성격
때문에 나하고도 금방 친해질 수 있었던 것 같아.
송계장님께서 아들처럼 아끼시는 모습도 참 보기 좋았어.
가장 멋있었던 순간은 자동차가 고장 나서 수동으로
시동을 걸었을 때였어. 어찌나 듬직하던지…
가장 고마웠던 순간은 배에서 내릴 때 업어서
건너 준 때였고…
나랑 센터장님을 가뿐히 날라주는 모습은 진정한
상남자였지.
매일 아침 썬크림 일일이 발라주던 책임감과
함께 식사준비 할 때 손선수법하던 자반성.
아이들과 강아지까지 잘 놀아주던 천진함…
짧은 만남이지만 다양한 장점들을 발견하기엔
충분한 시간이었던 거 같아.
행운을 빌께~♡

이유진 드림

때기 있는 귀염둥이에게

안녕?
이번 해외봉사캠프의 막내인 ♡♡…
하지만 어린 나이에도 불구하고
미래에 대한 계획이 확실하고 때기와 배짱도
있는 것 같아 참 멋있어.
함께 식사 준비할 때 그 힘든 당근 다지기는
능숙하게 해내고, 설거지도 요령 있게 전문적으로
하는 걸 보고 많이 감탄하기도 했어.
뭐든 배워서 남 주는 거 없다는 옛 어른들 말씀도
생각나고… ^_^
♡♡가 좋아하는 자동차 일은 평생 즐겁게
할 수 있도록 군대에서 보직 잘 받고,
나중에 창업 지원도 받을 수 있긴 바란다.
애정이 깊으니까 꼭 그렇게 될 수 있는 거야.
행운을 빌게~♡

이유진 드림

팔색조 공주님 보회 선생님께

단 한번의 만남으로도 깊은 인연을 맺는
사람들이 있어요.
부산에서 만났던 우리들의 우연한 만남이 그랬지요.
페이스북 친구로 시작된 사이지만
부산소년원과 예스센터, 그리고 잔지바르까지…
참으로 신비한 하나님의 인도하심을 느낍니다.
나의 삶이 보회쌤에게 꿈이 된다는 게
너무나 영광이고 기쁨이에요.
이런 말은 들으니 더욱 열심히 살아야겠다는
다짐을 하게 됩니다.
이번 해외봉사캠프에서 보여준 보회쌤의 책임감과
리더십에 깊은 감명을 받았어요.
큰 프로젝트를 완수한 성취감이 보회쌤의 앞으로
인생에서 중요한 자산이 될 거예요.
함께 할 수 있어 너무나 감사하고 행복했어요.
사랑해요~♡

이유진 드림

윤용범 (법무부 안산청소년꿈키움센터 소장)

예수님께서 가나의 혼인잔치에서 '물로 포도주를 만드신 일'을 영국의 위대한 시인인 조지 고든 바이런은 "물이 그 주인을 만나니 얼굴이 붉어지더라"라고 표현했습니다. 아이들에게는 누구를 만나느냐가 매우 중요한 일이라 할 수 있습니다.

우리를 향한 하나님의 계획은 완전합니다. "작은 신음에도 응답하시는 하나님"은 사람이 거의 의식하지 못하는 작은 일에서부터 이미 계획이 시작됩니다. 시간이 흐른 후에야 우리는 하나님의 계획이 완전했다는 것을 깨닫게 되곤 합니다.

안산청소년꿈키움센터에 부임하기 전, 법무부 범죄예방정책국 소년과에서 "나 혼자서라도 한아이 한아이를 건강한 아이로 살려내야 한다"는 일념을 가

지고 "소년원 출원생 사회정착지원 업무"를 맡고
있던 시절이었습니다.

2014년 겨울, 전화 한 통화를 계기로 이유진박사
님과 함께 소년원 출원생을 위한 직업학교인 '예
스센터'에 김장기부를 한 것이 만남의 시작이었습
니다.

2015년에는 "소년원 출원생과 함께 하는 해외자
원봉사 캠프"에 자비로 참여하고 싶다는 요청으로
내부절차를 거쳐 참여할 수 있도록 도와드렸습니
다. 아이들을 사랑과 관심으로 공감해 주시는 청
소년 전문가 이유진박사님이 동행해 주신다면 소
년원 출원 청소년들에게도 좋은 기회라는 기대감
에 가슴이 뛰었던 기억이 아직도 생생합니다.

아프리카 탄자니아 잔지바르에서 에이즈에 걸린 어린이들을 위해 봉사활동을 마치고 돌아온 청소년들은 기대이상으로 놀랍게 성장한 모습을 보여주었습니다. 그러한 성장의 한 부분에는 이박사님의 숨은 역할이 매우 컸다면서 당시 인솔하신 선생님들은 참으로 고마우신 박사님이라 하였습니다. 특히 참가했던 청소년 중 한명의 수양 어머니가 되어주시고 모자간의 만남을 지금까지 이어가는 모습에 감동을 받습니다.

공감하여 감동주고 동행하여 행복을 선물하는 법무부의 소년원 출원생 사회정착지원 사업의 일환으로 이루어졌던 해외자원봉사 캠프에서 일어났던 일들을 아름다운 시로 소개해주시고 기록으로 남겨주신 것에 깊이 감사드립니다. 이 시집은 어려운 여건

속에서도 소년사법 분야에서 애쓰시는 여러분들에게 위로가 될 것입니다. 또한 우리 청소년들에 대해 잘 모르고 선입견을 갖고 계신 분들이 계시다면 그런 분들의 이해를 돕기 위해 이 시집이 널리 읽히기를 소망합니다.

이 모든 것이 창세 이전 태초부터 하나님께서 예비하신 우리의 사명임을 믿습니다. 늘 만남을 통해 기적을 체험하게 하는 우리를 향한 하나님의 계획은 완전합니다. 할렐루야!!!

청소년
해외 자원봉사
캠프 기록

우리는 상생하고 협력하고 자제하는 훈련을 하였습니다

에이즈 어린이 덕분에 우리는 도움을 받고 성장하였습니다

개 요

| **기간** | 2015년 7월 4일(토) ～ 7월 14일(화)

| **장소** | 탄자니아 잔지바르

| **주관** | 법무부 범죄예방정책국 소년과
실크로드 C&T

┌─────────┐
│ 참가자 │
└─────────┘

| 청소년 | 김♡원 · 박♡숙 · 이♡우 · 이♡연 · 이♡철
이♡름 · 임♡나 · 전♡규 · 조♡원 · 황♡홍

| 지도자 | 서진남(단장/전주소년원 과장)
송재신(부단장/부산소년원 계장 퇴직)
김기헌(생활지도/경기청소년자립생활관 교사)
박보희(생활지도/예스센터 교사)

| 옵저버 | 김세웅(매일경제신문 법조팀 기자)
이유진(한국청소년정책연구원 선임연구위원)

| 현지 코디네이터 |
박관일(선교사)
최미숙(선교사)

7월 6일(월)

- 월라야와카티시청에서 시장 간담회 및
  복사기 기증
- 키디음니 초중학교 간식 기증 및 레크레이션
- 투마이니 베이커리 방문
- 장기봉사자 라♡수의 인생이야기
- 문화체험 : 스톤타운 뽀르다니 야시장
- 평가의 시간

활동일정

7월 4일(토)~5일(일)

- 인천공항 출발
- 홍콩 경유
- 아디스아바바 환승
- 다르에스살람 경유
- 잔지바르 도착

7월 7일(화)

- 키디음니초등학교 친선축구대회
- 키디음니중학교 레크레이션 및
  우물기증 현판식
- 에이즈센터 콩크리트 작업
- 스톤타운 다라자니시장에서
  에이즈그룹홈 식재료 구입
- 문화체험 : 음브웨니 루인스 비치
- 평가의 시간

7월 8일(수)
- 월라야와카티시청 에이즈 어린이 지원행사
  (공식행사, 생일파티, 멘토멘티 결연 및 레크레이션)
- 평가의 시간
- 김세웅기자 환송선물 롤링페이퍼 만들기

7월 9일(목)
- 에이즈어린이와 눙귀해변캠프
- 평가의 시간
- 김세웅기자 송별회
- 이♡우 인생이야기
- 박관일선교사 인생이야기

7월 10일(금)
- 문화체험 : 스톤타운 관광
- 카루메 직업학교(KARUME Institute of
  Science and Technology Zanzibar) 견학
- 겨자씨고아원 만남의 시간
- 교회 공연연습

활동일정

7월 11일(토)

- 해양체험 : 세일링 & 블루사파리
- 평가의 시간

7월 12일(일)

- 노아트레이닝센터(제빵학교) 방문
- 분부위수디교회 방문
- 교회에서 공연
- 유치원 견학
- 의료봉사
- 전통음식 파티
- 휴식 : 블루베이 해수욕

7월 13일(월)
- 정리의 시간
- 김아타 On Nature 작업 설치
- 잔지바르 출발
- 다르에스살람 경유
- 아디스아바바 환승

7월 14일(화)
- 홍콩 경유 인천공항 도착